ふるさと再発見

「自由律俳句の森」へようこそ

愛知版

石塚自森
Ishizuka Jishin

文芸社

はじめに

ペンネームの自森（じしん）についてよく聞かれる。私のプロフィールを見て、母校の自由の森学園から取ったのではと思われる読者も多いと考える。自由律俳句とエッセイや童話を組み合わせた新たな分野開拓を試みるうち「自由律俳句の森」というフレーズが降りてきた。そこから創った大事な名前である。

五七五や季語にとらわれることなく、思ったことや考えたことを、広大な青空をカンバスに見立てて筆をふるっていく。縦横への拡がりは「これで極めた」と思っても終わりのない巡行といっても良い。時折、駄々をこねる自由律俳句は、うまくいかない人生そのものでもある。

前作「埼玉版」に続き、愛知県を中心とした文章を組み合わせ構成した。感情移入できる箇所や違った視点で解釈される箇所、発見ができるかも知れない。

生き方が見えない展開が目の前に現れるかも知れない。その時は是非とも余白にメモを書きながら、それぞれの生き様を本書にぶつけてもらいたい。

さあ、出発しよう。「自由律俳句の森行き」の列車にお乗り下さい。

目次

「今」は「昔」となりにけり

電リクが深夜の楽しみ愛知版

ラジオが隆盛を誇っていた昭和の時代。アナログ全盛の中、青春時代お世話になった友の中にラジオが存在する。小さくて電波の入りにくい、両親が使っていた「お古」を譲ってもらった時の、嬉しさたるや。毎晩イヤホンをつけて聴いていた寝床のモジモジ感。

全国放送されているラジオも存在するが、大体はその土地土地で地域に根付いた放送が展開される。だから密着した言霊が電波に託される。

生まれ在所が埼玉だったことから、故松宮一彦さんの軽妙なしゃべりが大好きで、「電話リクエスト」もさることながら、一般リスナーが直接電話で一彦さんと話ができるコーナーが魅力的だった。最後のお約束、「トランジスタラジオ、電卓、トラベルウォッチ」のプレゼントを選んでもらい電話を切る形を取っていた。電話口に自分がいるような気になり、何をもらおうか真剣に考えている暗闇――布団――の中。

愛知に赴任し約二十年。東海地区にもラジオによる青春文化の一ページがあったはず。

木曜日は『ザ・ベストテン』の中継があるため、いつも聴いていたラジオの声が小堺・関根の「コサキン」に切り替わる、局アナウンサーの哀しさ。末尾制限の呼びかけに「どうしよう、どうしよう」、かけようか、かけまいか。黒電話と睨めっこができない今、それでもラジオを大切にしていきたい。「こら、もう寝なさい」とお袋に叱られた中島みゆきの『オールナイトニッポン』の奇天烈さ。

語り合えるサークルつくりませんかと諸君に呼びかけたい。

のぼりまつりと鉄砲隊、鯉のぼりが覗いたよ

愛知東三河には様々な歴史的イベントがある。何度でも行ってみたくなるお祭りに「長篠合戦のぼりまつり」がある。長篠の戦い跡地で行われる鉄砲隊演武の迫力は、ネットやスマホでは決して再現できない本物と言える。

賑わいが人出とコラボレーションし、目線を観客席の中に。親子連れなのか、青春ドラマ『俺たちの旅』ではないが肩車をしていた。しかも、絶好のポジションでカメラを向けているではないか。親子共同演武とはこのこと。

二昔前はアナログフィルムが主流でアサ（ＡＳＡ）感度を選んで購入し、一苦労二工夫の手間が撮影にはかかっていた。しかも、現像という想像力をかき立ててくれる関所が存在し、休み明けの楽しみの一つ、カメラ屋さんに取りに行く時の「ドキドキワクワク感」。失敗したかどうか、受け取らないと判明しない腕の見せ所。それは釣りに行って結局、魚屋さんで購入し釣ったことにしてしまう、サザエさんのノスタルジーに似ている。

火縄銃演武の写真を手元で確認していて「便利になったなあ」と実感すると共に、物事が終わってからの楽しみ方にも時代の変容が浮き彫りになってきた。

帰り道、空を気持ちよく泳いでいる鯉を見ていて「鯉のぼり」だけはデジタル化して欲しくないと心に言い聞かせた。「頼みますよ」って大きな鯉が微笑んでたっけ。

日曜日がさあ、淋しいよって、あがた愛

週休二日が定着した現代社会。学校や職場も含め法律によって統一されている。小生の幼少時は「半ドン」という言葉があり、「花金」ではなく土曜日が訪れるのが嬉しくて嬉しくて。次の日が休みというのもあるが、テレビ番組も平日の時間帯と土日では力の入れようが違っていたように思う。

ゴールデンウイークも今と違って連続性も少なく、鯉のぼりやこどもの日があることから児童・生徒にとっては待ち遠しい何かが存在していた。長期休暇を取得し海外旅行へと行く習慣は今ほどはなく、働くことで人生を見出していたと考える。

レンタルレコードにポケベルが、中央フリーウェイではないが、流星の如く過ぎ去っていった日曜夕方の切なさ。グループサウンズの「雨がシトシト日曜日」が流れ、笑点、相撲にサザエさん。減点パパで苦しい胸の中。

早めに終わるテレビ放送からラジオへ繋いで砂の音。コンビニもなく自動販売機だけが

こうこうと灯りを灯している。

淋しいから人は優しくなれる。つらい月曜からの一週間。だからこそ日曜日の喜びも倍だったような気がする。俺は大河ドラマだったよ。人それぞれの日曜日。

自動車がさあ、憧れだったよ甘口辛口

乗り心地やハンドリングの独特な例え、テレビ神奈川をキーステーションに放送されていた長寿番組『新車情報』、自動車評論家の司会でモータリゼーションに一言あり。元祖一喝の細川隆一郎先生ではないが、技術革新についてよいものは褒めていた。しかし、時代に媚びずにもの申す姿は昭和の頑固者を絵に描いたようなモータージャーナリスト。「三角窓」を使って空気を上手に逃がしてあげること、「フェーンダーミラー」の方が目線の一体感が確保されてドアミラーより理にかなっている。デザイン性もよいが、実は実利もあるとメーカーに申し出る一本筋の通った番組作り。テレビ埼玉放映の折に見ていた中学生の小生（『新車情報79』から見ていた）。

愛知という車作りの本場にこういった番組が何故あまりないのか。いやいくつか類似した自動車関連番組は存在したが、何か違う切り口。もう一度会いたい三本和彦という気骨ある男。徳大寺（徳さん）さんが時折ゲスト出演していたのを記憶に残しておきたい。

はがきがさあ、一枚の重みと奥行きと

久しぶりの郵便はがき料金の値上げ。金額もさることながら、「はがきなんて使ったことない」という何とも切ない現代。雑誌にペンフレンド募集欄がしっかりと鎮座していた昭和の頑固さ。亡くなった永六輔さんがラジオ番組でリスナーからのはがき一枚一枚に返事を書いていたエピソードは有名だ。腱鞘炎になるまで一筆入魂ではないが書き続けた永さんの想いとは一体何なのか。「はがき一枚の重さ」を感じてしまう。

愛知に赴任し約二十年。教え子に絵はがき一枚嫌がられた昨今の事情。親父に届いた年賀状の厚みに驚いた幼少時代。いつか親父の枚数を超えてやろうと誓った雪降る元旦の静けさ。

たとえ六十二円になったとしても、この古きよき文化だけは残していきたい。頑固を貫く昭和に感謝しよう。

釣り竿が、何故だか親父と睨めっこ

小学校時代の校内マラソン大会。足が速かったター坊も長距離は苦手。すばしっこさと、かけっこ大好きのちびっ子にとって、駄目でも何とか入賞したい気持ちが先走る。無理な練習で体が痛くなり落ち込んでいると、母親が「頑張っているんだから買ってあげたら」と欲しがっていた釣り竿を、エサではないが慰めとご褒美で。素直に「分かった」と言えない親父からは「十位以内に入ったらな」と厳しいお達しが。

治るものも治らない足首の痛み。家は貧乏だったのか、時代そのものが謙虚だったのか。湿布薬を薬局で買ってくれない仕打ちに、近所の広ちゃんが助け船を出してくれて、残り少ないタイガーバームを一ビンこっそり掌の中に。

涙を堪えて、いざ、大会。結果は四十三位とふるわず、肩を落として帰った家路、入りづらかった玄関先。妙にその日だけ敷居が高く夕飯が喉を通らない。魚の煮付けの甘じょっぱさに胸焼け気味になっていた時、学習机を見ると一番安い二・九メートルのヘラブナ釣り用の竿が一本輝いていた。その後、結果についても竿についても一切コメントのなかった父。

愛知に赴任し、二十年以上教鞭をとっているが、父のような堅物親父は近年減っている。昭和遺産に値するような「ちゃぶ台返し」ももうないだろう。金八先生や熱中先生といった名物教員もまあいない。

頑固な昭和にもう一度会いたい。

知り合いができて、友になり、でも独りぼっちの方が

幼少時の思い出として、華やかな交流関係を謳歌していたおっかー、つまり私の母がいた。聞こえはよいが、ようはよくしゃべる、名物母ちゃんが北本市にいたのだ。だからなのか、スピーディな行動力の証として、知り合って友達になって家に上がらせてもらってまでがワンセットだったように思う。

平屋の団地に家族四人がひしめき合って寝ていた昭和の六畳間。だんだんと二階建てに変化していく一億総中流意識。玄関先より身近だったお勝手口の連係プレー。

気がつくと、その時の親友はてんでんばらばらに。ふとお袋を見ると、その時々の知り合いをこさえて自己満足していた。だからなのか、愛知に赴任してからも、あまり友人を作らないようにしている自分がいる。

サザエさんのような安心感のある家庭。戻りたい、割烹着と味噌汁の台所。お醤油一本の貸し借りが情けに報いる、「情報」が音を立てて破壊していったイノベーションの嵐。

やっぱり一人ぼっちの行き先は、本当の情報探しに旅立つ未来。
タラちゃんとなら仲よしになれるような気がする。

ラジオがけっこう面白いよ、だって文《ふみ》だもん

就職したての二十歳代。学校法人自由の森学園に勤めていた時、好きだったのが吉田照美さんのラジオ番組だった。古く『てるてるワイド』放送時からのお馴染みで、フリーアナウンサーとなってからの照美さんが好きで、何と言っても『吉田照美のやる気MANMAN！』が一番。

何とかこちらでも聴くことができないかと、文化放送の電波に関する相談窓口に連絡を入れると高台があるかと聞かれ、山の中の学園で教鞭をとっていることから「あります」と答え、

「いいですか、そこに五メートル四方のアンテナを立てて下さい。そうすれば何とか入るかも知れません」

ネットラジオがない時代のアナログ文化の名残がバッチリの、技術担当者の方からの返事だった。

途中まで挑戦を試みた小生。諦めた時のことだ。東海地方のラジオ番組のスイッチを入れた。地場のパーソナリティたちが凌ぎを削り、面白いことに気がついてしまった。というより「遅かった」と後悔をしてしまった。

引っ越さない限り聴くことのない、他の地方局のラジオ番組。そうか、出合わないだけで隠れた名物番組があるのかも知れない。小旅行や出張に赴いた時、ラジオのスイッチを入れてみては、と皆さんにお勧めしたくなる発見だった。

放課に放課後、手を繋ぐ、だけど青春睨めっこ

あれだけ仲がよかった幼馴染み。そのまま付き合いが深まりハッピーになればよいのだが、そうはいかない青春のしょっぱさ。

愛知に来て、休み時間のことを「放課」と表現しているのに驚いた小生。

放課後（本当の放課後）と間違えないよう、丁寧に説明しながら部活動指導に赴いた高校のグラウンド。校庭と言えば、大好きだった自由の森学園を退職する時、最後のグラウンドに頭を下げに行った。今後の陸上部や運動部の将来についてお願いをするためだ。四隅に日本酒と盛り塩をして、本当の最後の光景を目の中へシャッターを切った。

幼い頃の異性関係や仲間とのふれあい。だんだんと自分たちの立ち位置が決まってきてしまう放課の薄べったい会話。

あれだけ仲がよかったのに、男女になるための儀式なのか、妙に強めに言い切る、自我と自我の睨めっこ。

一緒に凧揚げをしなくなった兄弟のように、口を利かなくなってしまう。ポジションが決まって行く過程で、上っ面が増えていく大人への階段。

それを乗り越えて真の親友と出会う喜び。

もう一回本当の睨めっこしたいよね。

休みはつらいよ、どちらにしてもさあ

「春色の汽車」というフレーズがあったが、新入社員にとって入り口は何色に感じるのか。入社したてのサラリーマンにとって、ちょっぴり長めの休みは嬉しい砂漠のオアシスだ。愛知県には桜淵公園という名所が存在する。誇りに思うサクラの名所だが、場所取りで「もめているよ」といった話を聞いたことがない。春の恒例行事「花見」は場所取りから始まり、部長に誘われ「呑みにケーション」と言いたいところだが、時代の変容著《いちじる》しく、呑まない若手が急増。そろそろ、サザエさんの内容が書き換わる時代が来るかも。

『男はつらいよ』の寅さんが、押し迫った待ったなしの大晦日、年季の入ったカウンターテーブルで紅白を見ようか見まいか、会話が唉呵調。紅白歌合戦と戦後の民放の「ゆく年くる年」の内容の濃さ。家族が当たり前の時代から、家族という中身の希薄さが目立つ現代社会の混沌。山田洋次監督が危惧しているから映画化されているのか。

とにかく、働き蜂にとっては「休みはつらいよ」と締めくくりたい。

収穫祭、田んぼと校舎と泥だらけ

愛知県新城市《しんしろ》にある高校。近くに小さい田んぼをお借りして毎年、田植えを生徒たちに体験してもらっている。田植え綱を使って泥にまみれながらの実体験だ。隣近所の助け合い「結《ゆい》」の精神も説明しながら、手で植えることの大変さを実感してもらう。そして、田畑からいただく恵みを収穫祭として味わう。苦を労《ねぎら》い、結の精神をたたえ合う。

土と向き合うことで気持ちが一本通ってくる。これぱかりはデジタル化は絶対無理。ひょっとしたらお金より価値があるかも。お米さん、ありがとうございますと頭を下げたい体験学習だ。

教えてよ、その時いったい何だった。在東海地方はさあ

小生、幼少期には、全国放送というテレビ小説がいくつか存在していた。ＮＨＫの朝の「連続テレビ小説」とＣＢＣ（ＴＢＳ系列）で放送されていた「ポーラテレビ小説」。そしてそして、ＮＨＫで二十一時四十分からの「銀河テレビ小説」。

ご当地番組ではないが、その土地土地でしか放映されていなかった名番組もあったはず。『機動戦士ガンダム』の再放送で食い入るように見ていたコタツの中。寒い冬でもガムが入ったカップアイス（当時、珍しくも販売されていた）をお供に、弟と一緒にアムロと木馬に熱中していた。生まれ在所が埼玉だったこともあり、『夕焼けニャンニャン』はど真ん中で、ちょっとその前に『夕やけロンちゃん』なる番組も見ていた。

それぞれの地域にその地方だけの隠れた何かがあるはず。教えてほしい、『お笑いマンガ道場』の面白かったのなんの。全国放送されていた銀河テレビ小説の『たけしくんハイ！』の凄さも忘れられない昭和の名作だ。

レアメタルから何ができる、誰が何のために記憶してるんだい

確かハードディスクの原材料がレアメタルと聞いたことがある。

東三河の土壌に蛇紋岩という地質があるが、まだまだガイアの地下には未開の地がたくさんあるように思えてならない。ひょっとして地域全体にある一定のレアメタルがあれば、地域のすべてを記憶してくれるのでは、なんてＳＦチックなことを考えてしまう小生。組み合わせも含め可能性は無限大、世のため、人のための資源開発の真髄。メタンハイドレートも含め天然資源に感謝をしたい今日この頃だ。

それはそうとスノーデンさんがおっしゃった地下の件。本当だったらどうしよう。

相撲甚句が岡崎に、赤房青房緑房

相撲を見ていると、プロスポーツと一言で割りきれない、何かを感じてしまう。

東三河、西三河出身力士の応援に星取表にチェックを入れる。「勝てばいいだろう」ではない、相手の気持ちと己の分を五分に近づける不思議な立ち会い。はっけよいと軍配が上がれば、稽古量が物を言う自己主張の世界観。

赤房下のアナウンサーの声に思わずやぐらを覗き込む小生。昔は木の柱でできていたが、今はワイヤーか何かで吊っている。「赤、青、白、黒」四つの房下に丸い土俵が安全を願う。千秋楽三役そろい踏み、三角形と逆三角形が東西重ねて六芒星。青房の色は古い相撲なら「緑色」であること、懸賞金をもらって刀を切る。一連の動作とぶつかり合いの凄まじさ。世界観というより日本が独自に紡いだ相撲道。甚句の言葉にお相撲さんの魂が。人生にも重なる深い世界に魅了される。

自転車に鉄棒、縄跳び、だからカブトムシなのか

初めて補助輪を外して自転車に乗れた時の鳥肌は、未だに忘れられない喜びとして心の中に残っている。鉄棒もそうだし、二重跳びが何十回。お兄ちゃんたちの中には三十跳びできちゃう猛者が。

幼少時の思い出を語り出したら止まらない、ノスタルジーの雨あられ。カブトムシやクワガタ捕りに躍起になった森と林と秘密の場所。カブトの雌をブーカンと表現していた北本。東三河に赴任し、違った呼び名にひょっとしたら、日本列島こもごものネーミングが。

忘れてはいけない、電子機器とは絶対に違う何かがあるからこそ、年をとってもこだわりをもって意識の中に投影しているのかも。Vシネマのアニキもその思いが強いのかも知れない。

建物の歴史と自分、古いものが音たてて

倉庫なのか何なのか、昭和四十四年建設と表記された建物が、つい先日まで現存していた豊川市。車で通るたびに、私と同じだけ年を積み重ねた鉄さびに頭を下げながら買い出しに勤しむ。

もう誰も住んでいない平屋の一軒家が淋しそうにこちらを覗きこむ。家族の団らんが歴史と共に育まれたはずの小さな家。十年前、二十年前、五十年前と想像を巡らせながら建物に頭を下げる。

ある日、突然消えてしまう古い古い建物の皆さん。

「ここにいたいよ、いたいよ、もう少し」

そう言って、名残を惜しんでいるかのように残された家族のアルバム。誰が後を継いでくれるのか。大事にしようよ、本当の歴史を。

床屋さん多かったよ、お客さんも

行きつけの理容店で、「昔はお客さんが立って待ってくれていたんですよ」と聞いた時、何とも言えないバーバー事情。

親にくっついて髪を切っていた幼少時のスポーツ刈り。いつの日か、自分で探し出したカットハウスでおしゃれに気を遣う第二の自我。合う合わないや引っ越しやらでリセットされちゃう、もう一度見つけ出さねばならない大変さ。「これだ、この人の技量だ」と感激したのもつかの間、ヘッドハンティングでいなくなる悲しい結末。

人がカットする以上、フィーリングが何と言っても大事。埼玉から愛知へ、ただ髪の毛を切るだけではない、人間模様があの空間にこだましている。

百年経ったら、二百年経ったら、千年経ったら

百年も経てば、自分を知っている人はほぼいなくなる。だから歴史をひもとくことは、その時代を生き抜いた先人たちへのご供養も含まれている厳粛な学問なのかも。

二百年も経てば、よほどの功績がない限り記憶と記録の双方から消し去られ忘れられてしまう。たとえ映像として残っていたとしても、フィルムも含め記録メディアが二百年保つかは、それだけの年限が通過しないと分からない未知の領域だ。

断捨離《だんしゃり》絶対反対を貫いている小生だが、命と共にいずれはなくなる物質としての文明。しかし、記憶を記録として伝えていくことは、アナログではあるができる。記録媒体として残せないだけに、その信憑性が疑われながらの綱渡りであるが。おいおい待てよ、今の歴史もそれじゃあないかと。

そういえば、最近文房具屋さんも大変そう

多感な思春期の楽しみと言ったら、安い文房具屋さんを探すことだった。友達と情報交換をし、「あのお店は全品三割引きだよ」と聞くと品揃えが心配になりながらも、ファイルにノートに消しゴムにと、あれもこれもと、お小遣いと相談しながらワクワクドキドキ。

愛知に赴任し教鞭をとっている関係で、文具は仕事上も必須。車で東三河を走っていて「あれ、町に文房具屋さん、ないぞ」と気がついた時には、ネットにスマートフォンにイノベーションの嵐が吹き荒れていた。

図工の授業で彫刻刀を用意するよう連絡帳に。早速、いつもの文具屋さんへ一目散。おばちゃんに相談すると四本セットで二百円のものを勧めてくれた。お金を払うと、のらくろガムのおまけが一緒についてくる。今でもその彫刻刀が捨てられない貧乏性の小生。

いや違う、だからじゃない。何かに意地を張っているからかも知れない。時代にケンカを売ってるのかも。

すべてが自動運転、リニアと共存、愛知のたましい

幼少時に聞いた話は今でも心に焼き付いているものだ。石油が後何十年で枯渇する。いつ東海地震や首都直下型地震が起きてもおかしくない。授業で聞くたびに震え上がった記憶が鮮明に覚えている。

よし見るぞと意気込んだ時の五輪がモスクワで、リニアに関するニュースは夢のように感じられ、それまで生きているかどうか、心の中のノートに記録として刻まれている。

そろそろであることだけは間違いない二十一世紀前半の凄さ。手塚治虫先生が生きていてくれたら何とおっしゃるのか。

喜怒哀楽という感情を持ったロボットが、絵空事ではない真実味を帯びた人間とＡＩによる陣地のとりっこ。待ち遠しい。リニア開通が。

知らない卒業アルバム、でも何かを感じてしまうあの頃

愛知に赴任した関係から、この地の卒業アルバムを見せてもらった。職場のものを図書館で見るのとは違い、全く知らない先生方や生徒たちが楽しそうに何かを語ろうとしている。文集ではないが、夢について一人ひとり記入されている場合、何故だか共感してしまうアルバムの持つ重さ。自分が生まれた時の愛知県や新城市の白黒写真を見た時の切なさと感情移入の狭間でむずがゆくなる懐かしさ。ひょっとしたら、親が伝えてくれていないだけで来たことがあるのではと想像力をかき立ててくれる正直な景色の透明感。知らない土地にも何かがある。違いと共通と生き様が。

大人でも読めるワンテーマ童話

「いぐさの薫り」

キッチンで、朝ご飯の支度《したく》をしながら時計に目を向けているお母さん。いつものことはいえ、大忙し。

「時間だわ、早くしなくっちゃ」

そう言って、じゃり道を見るエプロン姿。太陽がまぶしそう。

「早くしてくれよ」と、近所の柿の木にとまっているスズメが鳴き声で何かを催促しているよう。

「子どもたちの登校時間だわ」

お母さんは朝、登校する小学生たちを見送るのがいつもの習慣で、交通事故にあわないよう、手ばたを持って行くところ。

「あ、おばちゃん、おはよう」

登校する子どもたちの列は車とぶつからないよう、きちんと一列になっていて、元気いっぱいの声であいさつがつづき、なかでも一番なのが、まさし君です。

　でもいつもの姿とは違い、ランドセルがありません。小さい手さげ袋に教科書やノートを入れているように見えます。

「まさし君、どうしたの？　ランドセル」

　不思議そうに目をぱちぱちさせながら話しかけるおばちゃん。ぶすっとして、スズメがいる木をけりそうになる、まさし君。

「やめなさい、とにかく帰りに寄りなさいよ」

　おばちゃんの声に気づいたのか、けるのをやめ、みんなと一緒に小学校へ歩いていきました。

「何かあったのかしら……小学校に入学した時、あれだけ喜んでいたのに」

　そうつぶやくと、起きてきたお父さんにお茶の支度を始めました。まあるいちゃぶ台は長く使っていて、気になるお母さんの心配顔を映しています。

「どうした？　母ちゃん」

　朝ご飯がまだ出てこないことから、少し大きい声で話しかけるお父さんは、畳《たたみ》の職人さんとして働いています。

「今日も重たい畳を持って行くんだ、早く、朝ごはん食べないと」

力仕事がたくさんあることから、ご飯をいっぱい食べないと、そう、お母さんに語りかけています。

「あ、そうだ、父ちゃん、今日の畳、まさ坊のところに運ぶんだよねえ」

手さげ袋で登校していた、まさし君のことが気になるのか、お父さんに、ランドセルをせおっていなかったことを説明し、ようやく、お味噌汁と漬け物が置かれ始めました。


まさし君の家にお父さんは畳を運び終え、帰ろうとした時、「ただいま」と元気で大きな声が玄関にこだましました。驚いたお父さんは、

「帰ったのか。おれの母ちゃんとこ寄ってきたか？」

もじもじしながら、お父さんの方を見つめ、下を向いたままかたまってしまいました。

「ランドセル、どうした？　あれだけ一年生の時、喜んでたじゃないか」

まさし君は何かをこらえているのか、なかなか話すことができません。

しばらくして、自分の部屋からこわれてしまったランドセルを持ってきて、おじちゃんの前に置きました。

「おじちゃん、ケンカして壊れちゃったんだ。新しいのはお金がないからダメだって……そう言われて……」

「ケンカか……おれも小さい時、よくやった。負けてばかりだったけどなあ。まさ、預かるよ、そのランドセル」

肩にかけるところがはずれてしまったランドセルをおじちゃんに手渡し、まさし君はどうなるか心配そうにしています。

次の日のことです。まさし君はいつものように、小学校に向かって行こうとしています。

「ああ、まさ坊、はい、ランドセル」

壊れていたランドセルが、まさし君の手に戻ってきたではありませんか。しかも、肩にかける部分が直っています。

「おじちゃんが直してくれたの！　ありがとう。あれ？　この薫り、何？」

いぐさの薫りにびっくりしたのか、まさし君はランドセルに鼻をこすりつけています。

「父ちゃんが、きのう寝ないで直したんだよ。大事な、まさ坊のためにってね」

まさし君は、学校の宿題で、誰かに手紙を書きなさいというのが出されていることを思い出しました。

　畳の太い糸でぬってあるランドセルは、まさ坊の宝物として大事に使うことにしました。

　このいぐさの薫りと共に。

「第二の故郷」再発見

城一つ、産品二つ、情三つ

新城《しんしろ》という地名は全国にいくつか存在する。読み方が違う場合もあるが、一度聞くと何とも言えず馴染みやすく親しみやすい。

湯谷温泉に鳳来牛。作手高原に新東名新城インターチェンジ。入り口が山の湊なら出口は一体何処に。

無限大に拡がる交流の輪に人情がたくさん絡み合う。そんな新城が大好きな私。

いつか世界各地に点在しているニューキャッスルへの一人旅。情けがあつい日本列島のよさ。世界に発信していきたいものだ。

桜淵、優しさ散らずに、日柄雨《ひがらあめ》

愛知県新城市にある春色の桜。毎年のこととはいえ、あと何年見られるのか。それぞれの人生に重ね合わせ、山間地特有の風に乗って散っていく。

奇麗に咲いた瞬間を喜ぶのか、さりげなく散った後を評価するのか。情けに報いて山の湊がニッコリ微笑む。

是非立ち寄ってもらいたい温もりが桜淵公園に存在している。

そばうどん、人情お猪口にデラックス

生まれ在所が埼玉ということもあり、お蕎麦屋さんにうどんが置いてあるといったことが当たり前であった。東西文化の中間地帯名古屋。きしめんもお蕎麦も手羽先もと食通をうならせるメニューの多さに驚く。

小学校時代、愛知文化の特徴について知っている人がいないかどうか先生が尋ねたことがあった。すかさず「愛知では鰻のことをまむしと言う」と言った友達のたっちゃん。「本当にまむしって言うの」と疑ってかかる教師の冷たい目。ネットもスマホもない昭和の学舎。

へんてこりんな目で見られたたっちゃんが正しかったことが後になって分かった時の真実探求の尊さ。知らないことを謙虚に受け留め、知っていることをひけらかさない。否定されてガッカリしていた、たっちゃんの淋しそうな目。

「本当にまむしというか調べてみましょうか」と、ひつまぶしに辿り着く調べ学習の鳥肌感。どて煮もひょっとしたら知らない人が多かった木造校舎。メニューの冠にデラックスがつくモーニングの充実。

同窓会で誤解を解いてあげたいたっちゃんとの再会。お猪口もデラックスに、先生のことも水に流したいものだ。

名を名乗り、あっさりこってり文化春

大河ドラマで時おり出てくる徳川宗春。質素倹約に対抗し優美な文化を形成した尾張の殿様。将来、主役で採り上げられることを期待しつつ、今日も愛知の教壇に立っている。知らぬことが恥ではないが、「聞くは一時の恥、聞かぬは一生の恥」。埼玉から赴任したての頃、ＪＲ名古屋駅の交番で「名駅何処ですか?」と真剣に聞いてしまった。待ち合わせ場所の象徴「ナナちゃん人形」ではないが、ちょっとずつ土地柄に慣れていく。夫婦関係のように阿吽の呼吸が生き方のリズムに変容していく。赤味噌、赤だし味噌煮込み。味の方は身体に染み込み、愛知や名古屋の食文化。

いつの日か宗春さんに会ってみたい。

八丁の道のり健康、煮込む風

お味噌の文化は家庭の味ではないが、白味噌や合わせ味噌に慣れた埼玉出身の小生。辛くて濃いイメージがあるが、今では味噌汁とは言わず「赤だし」と表現してしまう赤味噌ファンの私。

50キロヘルツと60キロヘルツの違いの謎ではないが、だしのとり方や食文化の大きな違い。互いに認め合いながら切磋琢磨していく東西の中心、名古屋の粋。

東海道は本来五十七次であったことは隠れた歴史話だが、歌川広重の「東海道五十三次」が有名すぎただけ。描かなかったのか描けなかったのか、四駅の方が特に気になる二十一世紀の風。

赤味噌を持って交流をし、みんなで健康に。幸せは食からではないが、その道のりについて考えさせられる昨今の情勢だ。

田豊か、お米もクルマも、でら一番

田畑を見ていると何故だか気持ちが落ち着く。土間のある空間だと、土に触れると、何だか気持ちよい。神社仏閣ではないが、日本の風景に黄金率（黄金比）のように収まっている光景。案山子と書いて「かかし」とはどうしても読めない謎めいた漢字文化の奥深さ。お金よりお米の方がと考えれば考えるほど、新自由主義がナニモノなのかにぶち当たる平成の世。モータリゼーションでも有名な愛知県。ものづくりの本拠地としての誇りと矜持。田んぼの恵みに感謝しつつ、文化文明の進歩と共存していく、どえりゃあ土地柄。自然体でバランスを取ろうとしている愛知が私は大好きだ。

朝文化、気持ちも大盛り、きっちゃ店

きっちゃ店で朝、コーヒーを注文すると、自然と何かがついてくる。関東出身の私としては信じられないカルチャーショックを受けた二十二歳の別れ。食べ放題を除いても盛りがひと回り多いように感じる西日本の食文化。気持ちがホッとする空間に悪い感情が軽減される、ニッコリ微笑む小倉トーストに今日も感謝の想いで「いただきます」と合掌してしまう。素敵な茶店文化の真骨頂。世界遺産や食文化遺産に推薦したくなるボイルドエッグのほくほく感を了としたい。

お稲荷さん、あぶらげ、人柄、ホッとする

豊川稲荷が有名な豊川市。駅を降りてすぐ目の前に商売繁盛の稲荷さんが鎮座している。商店街ののぼりを見ながら何処で買おうか迷ってしまういなり寿司のうまいのなんのって。あぶらげの味とお米のコラボレーション。人情、人柄、おいなりさん——。新春の賑わいを見るたびに、おきつね様への感謝の気持ちがお寿司に込められる。訪れてほしいパワースポットであり、元気と癒やしをもらえる豊川稲荷。初詣のみならず通年で参りたいお寺さんの一つだ。

尾張春、気持ちも華やか、名古屋城

眺める、入るだけではない、城というものについて日本人は何かを感じているはず。神社仏閣とはひと味違う、武家の頭領（統領）としての気風が屋台骨を支えてくれているからか。

屋根瓦に聳《そび》える金鯱《しゃちほこ》の豪華さ。宗春はいずれ将軍にという想いからか、忘れてはいけない心意気が鯱の重さに込められる。

「富士は日本一の山」、名古屋は城で決まる。

東西の、狭間で文化が、パン小倉

50キロヘルツ、60キロヘルツの違いをいやというほど味わった小生。埼玉から愛知に赴任した際、両方共通の電化製品はよいのだが、どちらか専用だった時のショック。カップ麺についても東西バージョンがそれぞれ存在する気の使いよう。食文化は別として、何か真の理由があるのではと勘ぐってしまう、狭い島国日本の七不思議。

うどんもお蕎麦も両方が混在する愛知というハイブリッドな土地柄。うぐいすパンの緑色も衝撃だったが、トーストに小倉あんがタップリのった中部ニッポンのデラックス感。きしめんどて煮に、ひつまぶし。

「一度はおいでよ、愛知」と名古屋と東海地方。きっちゃ店で午後にコーヒー一杯頼んでも必ずおまけが。手羽先までが案内役を買ってくれているラインナップに、東西狭間で花開いた大都市だ。

手羽一本、馴染んで暮らす、愛知柄

矢野きよ実さんという地域タレントさんがいる。病気からの復帰し、ラジオ番組で甲高い声を聴いた時の安堵感。やっぱり愛知名古屋は矢野流だよと思わせてくれる、地についた声の主。

本当の名古屋弁を誰が継承しているか。「違うよ、オーバーだよ」と言われて久しい名古屋。Iターン・Uターンとなれば、故郷はいずこにではないが、赴任してきた小生にとって愛知は第二の故郷。

矢野さんの声は心の元気印の象徴。忘れられない高い美声にいつまでも応援のエールを贈りたい。カーラジオをつけて「朝は矢野流～」って聴いちゃうとホッとするもん。

まだあるに、お味噌がにっこり、お付き合い

お醤油の貸借文化をギリギリ経験した小生。お袋がお味噌を借りに隣へ。数日後にはあっちゃんおっかー、塩借りに。ＮＨＫ連続テレビ小説のように数珠つなぎの付き合いが存在した昭和のお勝手。エプロンではなく前掛けをして「とんとんとん」と包丁叩いて味噌薫る。

愛知に赴任し赤だし文化に直面した時、全国共通味噌文化の真髄を「家庭の味」というオリジナルで再認識した「にっこり感」と幸せが。今日も健康「赤」一杯。汁物文化は永遠だわと言いたくなるほど身体中に味噌が染み込んでいるように思えてくる。なくさねえぞ、味噌だけは。

学芸員、木陰にたたずむ、城の中

学芸員資格を自身のスキルアップだと考え取得することにした小生。いつか私立博物館を自宅の一室に。夢を抱いて博物館学に捻り鉢巻き探求心。取ることが目的ではなく取得してからが資格の真骨頂が築かれる。

まさに学芸員さんは資料館・美術館を案内してくれる夢の案内人。決して不必要ではありませんと言いたくなるぐらい、誤解されがちな地味な仕事。縁の下の力持ちに感謝し、博物館巡りに今日も興味津々。長篠合戦跡地にある歴史資料館、ちょっとした木陰探して歴史秘話が明日も。是非一度、愛知県新城市へとお誘いしたくなる学芸文化の一端だ。

名駅を、探してどえりゃあ、名古屋駅

尾張一宮と三河一宮——土地勘とはまさにこのことで、「明大」（明治大学）と「名大」（名古屋大学）の違いにようやく気づいた名古屋駅前の賑わい。交番で名駅という駅を汗をかきかき尋ねた青春の切なさ。生まれた所の駅前と何かが違う名古屋の熱気。

全国各地に存在するであろう、その土地ならではの呼び名。地図に載っていない何かが漢字文化に隠されている。名駅以外にもその奥深さを大切にしたいものだ。

滝七つマイナスイオンがお待ちかね

新城市にある パワースポットである「阿寺の七滝」。いつ行っても自然のマイナスイオンに圧倒されて帰ってくる天然のクーラー。広い路と小さな清流のわびとさび。あなたの町にも元気をもらえる避暑地があちらこちらに必ずあるはず。わびしく、淋しく思った時にこそ訪れてみたい心のオアシス。
さあ、滝に打たれ気分転換、明日から出社だ。

生一本、筋も一本、蓬莱せん

地元の酒蔵がまた一つなくなる。淋しい限りの切なさが、ちっちゃいお猪口にしみ渡る。酒蔵が近くにあるということは、近隣の酒屋さんで置いてある地酒の鮮度は抜群。遠隔地の隠れた銘酒をネットで購入するのもよいが、山菜も含め、地のものにこだわる日本酒というお米の恵み。

銭湯文化と酒蔵だけは、絶対に二十二世紀に繋げたい心意気のリレーと言える。

もっくるが、今日も足湯と下駄飛ばす

新東名高速道路「新城インターチェンジ」が開通し、名古屋や西日本へのアクセスがよくなった。東三河経済の拠点。埼玉出身の小生としては圏央道開通（全線ではないがほぼ繋がった）でドアｔｏドアで北本市まで時短の嬉しさ。

その新城インターチェンジ付近に道の駅「もっくる」が今日も足湯でお出迎えだ。名物の猪肉ラーメンもさることながら、里芋コロッケが隠れた名品で、大家族には「もっくるロール」という地元新城の卵を中心に使用したケーキの美味いのなんの。

背の高い木造の店構えがいつ行っても安心感を。夜の「もっくる」にも力を入れたいという駅長さんの想いも実現していて、時折開かれるミニコンサートは天井の高い店舗ゆえ、音の波を素敵に運んでくれる山の湊新城の玄関口。インター開通でもっともっともっくるへと思ってしまう小生。定休日ならぬ定休湯日に気をつけてと念押しをしながら明日の天気が気になる下駄飛ばし。晴れ晴れとした日柄が似合う道の駅が好きだ。

鳳来館、大正ロマンとギターリスト

地元新城市にある鳳来館という建物。元々は銀行だったことから佇まいに風格が。有形文化財に指定されている大正ロマンがステンドグラスにすり込まれたかの如くコーヒーとの相性が時間を忘れさせる。

時代が紡いだ連続性をも超越した何かがこの館には実存する。タイムスリップでもしたかのように澄み切った空気に引き込まれていく。

時おり開かれるミニコンサートで奏でるギターの音色に魅了される空間の重厚感。「わたなべゆう」というギターリストが大正時代とコラボレーション。何度聴いてもエアブランケットのように気持ちが落ち着く。それは母の記憶。母性のあるアーティストではないにも拘らず、話芸とギターのシンプルな黄金比。また行ってみて聴きたくなる仕掛けは年輪が生んだ産業遺産の大切な一つかも知れない。

神社仏閣近くにあるよ、自然と気持ちが土につく

子どもの頃は歩きか自転車での移動手段が主流。たまに乗る電車は他の世界観への旅立ち練習。

自動車免許を取得して気づいたことだが、結構身近に神社があることだ。大きな神社、名だたる神社、小さくても近くに存在してくれる社《やしろ》に、土のにおいと相まって妙に落ち着く今日この頃。

暦や時間の概念は一体誰が計算したのか、コンピューターのない時代に。月曜日、火曜日、水曜日……。海曜日、川曜日、空曜日、土《つち》曜日。隠れているだけでひょっとしたら存在しててもと勘ぐってしまう、漢字を含めた言語の奥深さ。

東三河に存在する神社にも、気持ちが落ち着く何かがあるのかも知れない。

路面電車と豊橋駅、飯田線が繋いでくれる

豊橋というと何を思い浮かべますか？

来てもらった方々にお勧めしたいのが路面電車だ。車の運転が中心な小生だが、機会があれば夏場に企画されるビール列車は、新たな出会いのチャンスかもと気持ちが高揚してくる。

速度も遅めでゆっくりのんびりという方にはなおお勧めで、市内各所を路面電車と路線バスでと徳光さんに提案したくなってくる。

ヤマサのちくわも特産品で、昔懐かしいＣＭも東三河ならではだ。ひと味ふた味、何かが違うよ、ちくわの奥深さ。お土産ものも、ゆっくりのんびり煮込む味噌煮込み。

名古屋の手前で独自の文化が花開く豊橋。是非一度訪れてみては。

商売繁盛、豊川稲荷、おいなりさんが待ち受ける

商売繁盛が叶うということで有名なのが我が豊川稲荷だ。神社ではなくお寺さんで、駅前通りを中心に、B級グルメが盛んに展開している。豊川稲荷にお参りへ、ちょっと疲れて、いなり寿司。

年末年始が特に混み合うことから、それ以外に小旅行でと言いたいところですが、商売繁盛の気運が薄らいでは元も子もない稲荷のお寺。

いなり寿司は食べ比べをしてみたくなる日本のソールフード。大事にしたい食文化の一つだ。

うどん、そば、きしめん、お味噌に赤だし白スープ

中部日本という表現があるが、東西文化の中間点と言いたいところだが、愛知や名古屋は独自の文化を形成しているように思う。赤味噌で煮込んだうどんの真似のできない濃さと深さのコラボレーション。もちろんお蕎麦もあり、きしめんも横綱格で鎮座する。

幼い頃、スーパーが一件あっただけでも凄さを感じていたが、小学校高学年頃になると大型スーパーが建ち始めた。「忠実屋」さん……。私の本名の一文字が入っていたことから親しみを感じ、ほぼ毎日、自転車で通っていた。ガンプラブーム真っ直中でプラモデル欲しさに行列ができていた。

時代はまだまだレコード全盛で来生たかおの『夢の途中』や中村雅俊『心の色』を買って針を落として聞いていた。

イートインも大流行で店員さんに見つからないよう、アメリカンドックにどうやってたくさんケチャップとカラシをつけるかが大変で、今のようにお客様は神様ではない、人間

くさい時代。お客が店員に怒られているのも、ちょくちょくではないが見ることがあった。そうした時代だったのだ。

この時、スガキヤさんがテナントで入って、鶏ガラで白いスープのラーメンが当時で百九十円という安価な値段に本当に助けられた記憶がある。

本拠地、愛知に来て、このスガキヤさんの凄さを再認識することになるのだが、怒られてもあの頃の方が、何故だか懐かしいと感じてしまう気持ち、共有しませんか。

一家に何台？　駐車場の広いのなんの

埼玉県北本市に久しぶりに帰って旧中山道を鴻巣へ。タイムマシンではないが二十年前にも同じ景色が広がっていた。土日は渋滞で中山道も大にぎわい。右折しようとウインカーを出している車を発見。いつまで経っても対向車がとぎれず、何十分も渋滞が加速してしまっていた。この光景を二十年前も見ていたことから、思わずため息をついてしまった小生。赴任したのはトヨタ自動車のお膝元。特に山間部は電車やバスが大都市ほど発達していないことから、自動車の移動手段としての重要度は大だ。一家に何台なのか。もの凄いモータリゼーションの波が感じられる土地柄だ。お店もまず駐車で困らない作り、埼玉に比べて広くてとめやすさも抜群だ。

生まれ在所を全否定しているつもりはない。特色・特徴の一端を小生の視点で述べている。とめにくさも人口の多さも特徴、何かがあるはず。互いに交流を深めながら違いを認め合うといった視点が大事かも知れない。

オカザえもんが始めたって、五角形を応援しているよ

愛知県出身の若手プロ棋士藤井聡太さん、彼の連勝記録も凄いが、引退していった加藤一二三九段、ひふみんと呼ばれる彼の語りに、人生そのものの背負ってきた年輪を感じてしまう小生。

四角形の将棋盤に五角形の駒が動く。単純そうに見えてそうではない棋譜の深さ。人工知能が台頭し、人類を超えそうな勢いと思った瞬間、現れた救世主。岡崎市のご当地キャラクター「オカザえもん」も、この時ばかりは囲碁ではない。羽生三冠が故大山十五世名人を破った時のあの衝撃。変化の激しい時代、野球でも相撲でも歌舞伎でも、そして、将棋でもだ。人が生きて向こう側へ。繰り返しの中からこそ新たな息吹が芽吹き回る時代。

「ＡＩにゃ真似できねえだろう」と先人たちが微笑んでくれる。

平屋で土地付き、六百万円、それぐらいでさあ

大家族というキーワードは一部の地域を除いて薄らいできている現代社会。少子化の波は核家族化を助長し、大きな箱物が必要なのかどうか、真剣に悩むことがある。

新城市にあった西洋居酒屋のオーナーが「家を建てる時だけは無理をするんだよ。背伸びをして少しでも」と力説していたのを記憶している。

確かに自動車や家を買う時の意気込みは尋常ではないといった時代が長かったように思う。されどだ、昨今の家族構成、家族のあり方を垣間見るにつけ、無理した新築二階建ても、結局、てんでんばらばらとなり、広い住宅に高齢者だけといった悪循環が見受けられる。足腰が弱まれば二階に上るのもやっと。日本ははなからバリアフリーにはせず、そうなったらという構えの捉え方が主流だ。

そこで提案だ。三つか四つ部屋があり、台所とお風呂がついた平屋の一軒家土地付きで六百万円といった出物《でもの》があってもよいような気がする。無理をせず、それなりの程度で満

足し、後は老後のバリアフリーに備える。誰か言ってよと『TVタックル』に向かって語りかけている小生。

本気で考えてもらいたい価値観の転換期。実現したい小生の置き土産の一つだ。

世界にもあるのかね、愛知にしっかりふるさと寄付

ふるさと納税が各地で活況を呈している。特産品に強い地方は特に勢いを感じる。小生も愛知県新城市に何回か寄付をさせてもらった。返礼品としていただいたレトルトカレーの高級感にビックリ仰天、感謝感激だ。

都市部から地方へと税金が移行してしまうことへの批判もあるが、この制度、行くことはできないかも知れないが、何かでその土地と故郷が繋がるという潜在的意識を刺激してくれる。愛知県東栄町などは納税した人に会報を送付してくれ、実際、祭に訪れた気分にさせてくれる。そして「行ってみよう」という決断を加速させてくれる。

ありがたずくめの制度であるが、この仕組み、日本だけなのか。故郷を思う大事な気持ちを大切に育てる「ふるさと寄付」。豊かになったニッポンの特徴に感謝し、二十二世紀に存在していることを願ってやまない。

宇都宮が豊川に、一口ワインがお出むかえ

栃木県宇都宮が発祥のステーキ専門店「ステーキの宮」。独身貴族を満喫していた頃、敷居は高かったがお一人様で通っていた上尾店。当時、一口ワインが一杯飲めるサービスに驚き、したたるお肉にマッチした演出を思い出す。仲間と一緒に行きたいのだが、「宮のたれ」を思う存分堪能するため、いつも一人で赴いていた。

最近、愛知県豊川市に出店してくれて、懐かしい当時のポイントカードを持ってステーキを食べに。店長さんに「そこまで宮を愛して下さって」と、使えなくなった二十年前のカードを大事にケースに戻した四人掛けテーブル。何十年ぶりに食べたビフテキのうまいのなんのって。宮のたれもあの時のまま。ワインサービスの話に「車だから飲まなかったけどね」とソムリエになれなかったエピソードをしめに、通うことを決断した絶品ステーキ。

逆バージョンではないが、東海地方から旅立った絶品グルメの数々。自慢できる食文化の交流を、これからも図ってもらいたい。

中京、中部に東海、メ～テレ、チャンネルが愛知に勢揃い

経営用語としてはチャネルと表記するが、その表現と区別化するために「チャンネル」とした放送局。

テレビが木枠で金魚鉢を頭にのっけ、豪華に演出していた高価な電機紙芝居箱。愛知に来てラインナップが変わり、慣れるのに時間がかかった小生。中京テレビ（日本テレビ系）にＣＢＣ（ＴＢＳ系）、東海テレビ（フジテレビ系）、名古屋テレビ（テレビ朝日系）、テレビ愛知（テレビ東京系）と土地柄の名称に戸惑いながらも馴染んでいった地場のよさ。俺っちのとこはこんな感じだよと語り合いたい気持ちもあるが、全国津々浦々を網羅しているのはＮＨＫさんだけ。

局数自体が少ない地域も存在してしまう放送文化の悲しい運命。一方、ＢＳ、ＣＳ、ケーブルテレビと、昔に比べて選択肢が広がっているネット配信が加わった豪華な時代。いけないいけないない、叩いて直しちゃさあ。

どちらから背筋が敬礼、警察官

生まれ在所が埼玉で、お袋が何度か警察官の方々に助けてもらった経験がある。ありがたい限りだ。車に乗らない自転車大好きの母にとって、パンクは結構つきもので四苦八苦していたところ、快く手を貸してくれた、というより懇切丁寧に修理を施してくれた日本のポリス。手紙を書きたいぐらい嬉しかったと感想をもらしていた母親の笑顔満面。

愛知に来てからも、警察官は真摯に地域の治安防犯意識のもと汗をかきかき仕事に追われている。何故だろう。その姿を見ていると五キロ、十キロスピードを抑えようという気持ちにギアがチェンジしてくれる。悪いこと決してしていないのに背筋が伸びて、心から敬礼。日本のポリス、捨てたもんじゃねえぞ、と、世界に言いたい。

生テレビ、最初は関東だけだった

確か開始当初は関東地方だけの放送だった『朝まで生テレビ！』。明け方五時過ぎまで本当に生放送で討論していた。観客席に若かりし頃の長州力さんが映っているのを見て、ファンである小生は震えが止まらなかった。

今よりコンプライアンスも厳しく、だからこそ激論になった途端の凄まじさは生ならではの緊迫感があった。

当時、ビデオテープに録画していたが、今、再生してみるとお釈迦になっている現状を見るとイノベーションも満更否定できない。

全国放送になってからと初期の頃の違いを感じてしまうのは小生だけなのか。野坂昭如さんが言っていた「自分の言葉でもって」という言霊の深さ。だから『火垂るの墓』は何度見ても新しい発見があるのかも。

蜂の子が、兄弟絆とタンパク源

こちらに赴任し、スクールバスの運転手さんとの出会いの中で、

「昔は蜂の子をよく食べたよ。栄養が不足してたからねえ」

「ええ！　蜂ですか？」と言うと笑顔で、

「不思議と美味いんだよ、今でも一部の旅館で出してくれるよ」

と懐かしむように語ってくれたおやじさん。

「血は繋がってないんだけどお兄ちゃんのような先輩と昔、秘密の場所があって、誰にも見られないように食べに言ったよ。うまかったのなんの。今はもうその場所、ないけどね。でも、記憶に残ってるからさあ」

世代がリレーしていく中で肝心な何かを忘れてはいけない。そう感じさせてくれるタンパク源の話だ。

赤鬼と星と湯治場が、山並みそびえてチェーンソーアート

豊橋、豊川、新城市と上尾、桶川、北本市と語呂合わせではない同次元同時存在の人間模様。

いつもの駅で、いやちょっとやめて一駅先で降りてみる。それぞれの生き方の中に存在している自分たちの暮らしと土地柄の交錯。

旅番組も、もちろん大事。でも実際に行ってみようよ、ノスタルジー。そして、自分の言葉で発信していく二十一世紀の凄さと便利さと傲慢さ。

東栄町へ赴く旅に心が洗われる心境になるのは私だけだろうか。そんな穴場が列島日本たくさんあるはず。ノートを片手に、いや、スマホ片手に出かけてみる。だから今日も東栄町へ。

大人でも読めるワンテーマ童話

「足湯と道の駅」

足湯が特徴の道の駅が新城市にあります。

週末は他の都道府県から客が多く訪れるので、平日の夕方、路夫君は自転車に乗って行くのが楽しみの一つです。友達の少ない路夫君は足湯に入りながら、隣の人たちとお喋りをするのが日課となっています。

「おじちゃん、どこから来たの？」

背広を着たサラリーマン風の大人に声をかけています。

「新東名高速道路が開通しただろう。岡崎から来たんだよ」

そう言って、ニッコリ微笑んでいます。

「それはそうと、僕は一人で来ているのかい？」

路夫君と一緒に来ているであろう、お父さんやお母さんの存在が近くにないことが気になっていました。

「うん、一人だよ。近くの小学校に通っているけどさあ、自転車でいつもこの時間に来ているよ」

そう言って、左右の足を浅めの湯船でばしゃばしゃさせています。

「一人で来ているのかい、それは大変だねえ。この道の駅だけど、何か美味しいものあるかなあ」

足湯から出た後、小腹が空いているのか、その人が路夫君に聞いてきました。

「あるよ、お勧めはねえ、八名丸っていう里芋を使ったコロッケがあるよ、一個八十円だよ」

嬉しそうに大人に教えている路夫君。

「そうか、八十円か、一緒に食べようか」

そう言うと湯船から足を板の間に移し、靴下をはき始めています。

「いいよ、おじちゃん、悪いから」

照れながら、それでもちょっぴり食べたいのか、路夫君はうつむいて小さな声で答えます。しかし、そのおじさんは何も言わず、何処かへ行ってしまいました。しばらく待つと、

「買ってきたよ、コロッケ、はい、食べて」

と熱々の八名丸コロッケを差し出しました。

「ありがとう、おじちゃん」

路夫君は美味しそうに、そのコロッケをたいらげました。

だんだんと日が落ちてきて、道の駅「もっくる」は薄暗くなっています。

「路夫君って言ったっけ。そろそろおじさん、帰らないとねえ」

紺の背広が妙に懐かしい背中と感じ、路夫君は亡くなったお父さんを思い出してしまいました。

「どうしたんだい？　目が赤くなっているけど」

おじさんは、淋しそうに夕日を見つめている路夫君が何を考えているのか心配でたまりません。

「うん、何でもないよ。おじちゃん、また会えるよねえ」

コロッケのソースを口の端に残しながら、亡くなったお父さんの雰囲気を持つおじさんと約束を取りつけていました。

「いいとも、また来るよ、約束するよ」

そう笑顔で路夫君に返事をしてくれました。

家に帰って、お母さんに今日のことを話すと、

「そのおじちゃん、もしかして、腕時計はめていなかったかい？」

と不思議な質問をしてきました。

「してないよ。時間を確認する時、チェーンみたいなものにくっついた真ん丸の銀の時計をポッケから出していたよ」

お母さんの表情が丸テーブルの一点を見つめたままになっています。「そうかい、銀の懐中時計かい」と醤油差しを触れながら、

「まさか、背広姿だけど、帽子かぶっていなかったよねえ？　あの金田一耕助みたいな」

と、またまた変なことを言う母親に疑問を感じながら、

「金田一耕助って……ああ、確かにおじさんもよれよれの帽子かぶっていたよ。でもそんな違和感はなかったよ」

と思い出しながら母親に伝えている路夫君。

「路夫、お前がまだねえ三つの頃、父さんは事故で亡くなっただろう。お前のことがかわいくてかわいくて……だから、会いに来たんだよ」

路夫君は、お母さんの言葉にあることを思い出します。何気ない紺の背広のにおいが妙に懐かしかったことです。

「お父さんだったのか……また、ああやって、たまに来てくれるかなあ」

とテーブルに置いてある、ハムカツに目をやっています。

「お前、友達少ないだろう。いや、いないだろう。だから心配して来てくれたんだよ」

路夫君はいても立ってもいられない心境になったのか、外に出て叫び始めました。

「お父さん、ありがとうございます。もう、心配かけないよう友達をたくさん作ります。でも、淋しくなったらたまに会いに来て下さい」

そう星空に向かって、亡くなったお父さんに語りかけました。

「生きる」を考える

知ることを愛して思う、三河空

知ることを愛すると書いて「愛知学」。幕末から明治初期にかけて活躍した哲学者、西周が提唱した啓蒙思想だ。

知識と知恵がカオスの如くではないが、その学問について学ぶ機会があった。働いている学園の体育館に講話をしに来校してくれたのが放送タレントの草分け。ネットやメールといった便利な時代になっても葉書をこよなく愛した粋な先人。

関東で当時放送されていた人気ラジオ番組『土曜ワイドラジオＴＯＫＹＯ』。司会は久米宏さんであった。ラジオのよさを知ったのが小学校高学年、お袋からもらった真っ赤なちっちゃな宝箱。「レポーターの久米君」と天下の久米宏に君付けができる文化人。滅多に出演しないテレビだが、その昔、『ニュースステーション』に確かに並んでコメントしている元気な姿。

体育館での講話を静かに聞いている生徒に「無駄なおしゃべりもなく、聞いてくれたね。

ここにいる先生方の苦労の賜」と褒めてくれた。「だからこそ何か生き様で恩返ししろよ」と説法のような問答に、永六輔氏にオールフォーカスされた瞬間の清々しさを見た。

三河の青空を見るたびに永さんの優しさが「愛知学」のように降り注いでくる。もう一度逢えますか。その問いに永さんの答えがない現状に淋しさを感じる。

市民自治、若者議会と城未来

自らが自らを治めると書いて「自治」。「市民自治」という表現はあるが、国民、県民ではあまり聞かない。主権、自治という捉え方を島国ニッポンは曖昧な関係性の中で処理してきたのではないか。

間違いなく本当に二十一世紀へと進んだ現代社会。政治が決めたことを行うと書いて「行政」。愛知県新城市《しんしろ》には時間が遡ったかの如く、様々な仕掛けが存在する。「若者議会」「中学生議会」「女性議会」と、十八歳選挙権ではないが、教育のニューキャッスルが築城だ。

優しい人が多く住む山の湊「新城」。ふるさと納税以外にもほんの少しだけ隠れた森が存在する。世代のリレーが「結」のように紡ぐ「まち」。お年寄りが「そうそう」とうなずく、新城ニューキャッスル。城の未来を一緒に治めたい。二十二世紀に向けて——。

自分、己が決めて、納めて平和、世界自治

新しいお城と書いて「新城」。翻訳にもよるが、世界各国にはニューキャッスルという地名や行政区がある。固有名詞だけに直訳できない場合もあるが、この字面の何とも言えない心地よさ。

世界自治という捉え方が何故巻き起こらないのか。地球が一つに、世界が共助の想いに、マザー・テレサが生きていたら何とおっしゃるのか。

自らが決めて前に進もうよ。せっかくの十八歳選挙権だから。

養鶏が、結んでうまいよ、カルボナーラ

東三河の山並みを見ていると、いつも元気をもらえる。

そんな山に囲まれた、ある学園で力を入れている取り組みの一つに「養鶏」が存在する。ゲージでなく平地飼いという形をとり、食堂での残飯などを有効利用し、鶏卵として小さい販売網ではあるが地域の皆さんに親しんでもらっている。

大正ロマンで有名な鳳来館でも「高校でとれた卵を使ったカルボナーラ」というスパゲティをメニューに加えてもらっている。生卵をスパゲティに落としてからの火の入れ方。家庭では出せない本格的なプロの味を、タバスコ代わりのステンドグラスがフォーク片手に微笑んでいる。是非、食べてほしい平成の逸品と言っても過言ではない。

サマセミが紡いでくるよ、人絆

二十一世紀に間違いなく入った現代社会。二〇〇〇年問題に冷や冷やしながらコピーをしまくった小生。全てのシステムがお釈迦になるのでは、と……。一体あの騒ぎは何だったのか。

どんなに技術革新が進んでも最終的には人の温もり。それが二十一世紀型学びの真骨頂。愛知サマーセミナーの中に現存する。生徒や教師、保護者、地域の皆さんが、この海の中で、がっちりと繋がる大流大河に高校生たちの目が輝く。中部日本・愛知にはひょっとしたらあの頃の熱さが青春ドラマのように散りばめられているのかも知れない。皆さんも一度扉を開けて覗きにおいでん。

青と緑、愛知の空に曖昧と融和が結婚かあ

信号機を見ていると不思議なことに気がつく。「青、黄、赤」といつもの顔にしっかり守ろう交通安全。運転免許更新の際に色別検査があるが、青色と言葉に出そうとした瞬間、頭の中によぎる「あれ緑色では?」。昔、緑という表記がなく「青々とした草原」といった「グリーン」を含んだ時代が続いた形跡。

青空の青、森林の緑。自動車を購入する時、若い頃は薄らいでいるとはいえ「何色にするか」悩んでしまうドキドキ感。

幼少期から好きで観戦している大相撲。裏番組で放映されている笑点も、その時だけは山田君ごめんなさいと小休止。「青房」「赤房」「白房」「黒房」下とアナウンサーが力士を紹介。「青房下」に驚いてやぐらを確認すると四隅に各色の房下が。緑色の房が清めの塩を見下ろす高さで揺れている。

算術や数学ではないが、足して2にならない文化が土俵には、確実に存在する四角い四

隅に丸い円。仕切り線での睨めっこに行司が軍配を返す。戦う相手に気遣いではないが気持ちを合わせる。「残った」と「はっけよい」でぶつかる曖昧と勝負のハイブリッド。

勝ち負けも大切ではあるが、相撲は古来日本の何かを伝承している。青信号と青房下を見ていると「試合に負けて勝負に勝つ」といった計算以外の情けを感じてしまう。打算ではない結婚。お相撲さんを見ていると阿吽の呼吸を学んでいる気がする。

つけもん、いちゃもん、洗濯もん

喫茶店をきっちゃ店、スピーディがスピーデー、変化している方の表現が快い場合がある。電話口でアルファベットの綴りの復唱、ディックミネのD、ボンバーのBといった確実性をとる日本語の独立独歩な不動の重み。

変容している姿と漢字とひらがな、送りがな。ミーといったら意味は一つでも送りで訳すといくつになるのか表現力の幅。

一体、「いちゃもん」をどう英語に訳すのだろう。クレーマーなのかどうなのか、固有表現そのもので「もったいない」ではないが、この「いちゃもん」も向こうのTシャツデザインに。

全寮制に勤める小生も生徒たちの洗濯物について、ついつい「洗濯もん、片づけとけ」と言ってしまう。日常生活と言葉の韻を踏むことのアナログ感。つけもんだけはデジタル化できねえだろうと、時代に抗う山の中の高校。よし、今日も嫌われよう。古きよきもん、絵はがき一枚。

日本語にはあてた字であっても先人たちの想いがたくさん詰まっている。感じ取ろうよ、諸君と言いたい気持ちだ。

中学生議会と若者議会、女性議会と市民自治の森が「はっけよい」

愛知県新城市には市民自治の森が存在する。山の湊と評されるが自分たちで決めたことを自分たちの手で完結する。もちろん行政と連携をとりながらだが。地域自治区という表現も新鮮で、自らが決めたことを治める自治の基本姿勢に合致する体制も画期的だ。少子高齢化が加速する現代の世。世代がしっかりとリレーしていく市民自治の森。

「政治に近づき過ぎる」といった負の表現もあるが、政治が民意で決めたことを行うと書いて「行政」。この二つの権能についてもっと市民は近づいてよいのではないか。それも積極的にだ。私の大先輩教員がフランスへ視察に。夜、カフェが開いていて政治について市民が語りあう文化に驚いたそうだ。時にはカフェの役割が、それが「自治の森」の役割かも知れない。「国柄」「人柄」「地域柄」、そのせめぎ合いの中で特徴をどう打ち出していくか。合理主義ではない、相撲の立ち会いのような空気感が新城には存在する。是非一度、訪ねてみては。

温泉が人情が、東三河に木霊する

山や樹木を見ていて時折感じることがある。人間の都合でこうなっているだけで、本来はもっと自然環境のままに手足を広げたいのではないか。ガイア理論ではないが、ミクロの世界から我々人類のことは理解不可能だろう。であれば、宇宙も知らないことだらけでは。

だからなのか、高速道路を走っていてトンネルに入る時、思わず「すいません。人間の都合で」と心の中で叫んでしまう。

海の恵み、山の幸、川の恩恵――何かを引き換えに失っているものがあるとすれば、そのことに気がついた瞬間、コンタクトができるかも知れない。

山の湊新城市には湯谷温泉街がある。何かの恵みであることは間違いない。大切にしたいその想いを、源泉はこんこんと湧き出してくれるのかも知れない。

立ちはだかっているのではないよ。側にいてくれるんだよ

山々、山並み、山脈と山の多い「黄金の国」日本。登れるかどうか悩んでいても決して始まらない。頂上に辿り着いた時の何とも言えない感情は万国共通の意識だ。

鳳来寺山を下から見上げると、小さいことにこだわっている自分が情けなくなる。巨木の年輪に刻まれた歴史は、この山そのものの自分史が書かれているよう思えてならない。ひょっとしたら、過去の記憶を記録としてインプットして下さっているのではと会話を試みたくなる。側にいてくれるだけで気持ちが安心する山神様。

五平餅のあまじょっぱさと鳳来寺山の雄大さ。いつまでも見守ってもらいたい、山の人生に感謝だ。

アライアンスとニューキャッスル、角度を変えれば何かが

白地図を見ていてドキッとしたことがある。子どものいない小生だが、将来、一緒に地図遊びをと日本と世界の地図を切り張りして、神経衰弱ではないが似ている形が多いことにビックリ仰天だ。もちろん、日の本と地球規模では面積の比率も違うのだからぴったりではないが、近い地形がいくつか存在する。偶然なのか何なのか。

愛知県新城市は「ニューキャッスル」と訳すことができる。新しい城という地名が世界各国にいくつ現存する。

届いてはいないが、真逆から捉えて、何か日本に発信したがっている文化の切れ端があるのではないか。そう考えると何だかワクワクしてきませんか。そして向き合う気持ちがガイアのように丸く優しくなりませんか。

和んで議論を深めると、何だかほっこり平和な笑顔に変化する。見方を変えて一息ついて、「少しだけ後ろを振り向いても」、そう考えさせられるアライアンスにしたい。

三角大福中っていう時代がさあ、最後だったの、いや違う

相撲が好きだった幼少期の小生。寒い冬などは酒粕で甘酒を作るのが楽しくて仕方なかった。ませガキなのか何なのか、袋の説明書きに「土生姜を隠し味に」の意味が分からず、とまどってしまった夕方の切なさ。コタツに入り、本割相撲に熱中した誰もいない四畳半の淋しさ。

親父が応援していた力士に「栃赤城」関がいて、生まれ在所が群馬県だったこともあり、「将来、大関だ」と誇らしげ語っていた運送業の父。その親父に「お前も出来がよくないんだから、相撲部屋に入れや」と言われて、その時、画面に映った友和、百恵の仲むつまじいチョコレートCMの羨ましさとテニスコートという響き。四股に鉄砲、蹲踞《そんきょ》に立ち会い。第二の自我が芽生える手前とはいえ、胸がつまりそうになっても、好きな相撲はこだわって観ていた、個性豊かな関取衆。

政治についても、角福戦争真っ直中で、福田総理も栃赤城びいきと聞いて、機嫌がよく

なる父の郷里群馬への想い。当時、中曽根康弘先生が総理大臣に就任したのが六十四歳。中選挙区時代で福田、中曽根、小渕に社会党の山鶴さんが加わり、熾烈な戦いが展開されていた上州戦争。時の総理を押さえてトップ当選した黄門様の貫禄充分してやったり、「赤城の山も今宵限り」と国定忠治ばりに啖呵を切って畳の上で生涯終える。

愛知に赴任してからの歳月。途中で廃業していく力士や、運よく断髪式ができるまでの番付で活躍できた関取たちの人生模様。現役力士もさることながら、当時の「鷲羽山、青葉山に青葉城。黒姫山に出羽の花」と、個性が輝いていた昭和のいぶし銀。身近な力士が土俵からいつの間にかいなくなる。

その後の人生にこそ意味があるように、「三角大福中」の後をどう代議士、国会議員がと考えたくなるほど、今の政治家にはうんざりしてしまう、本当に。

リボンの騎士は女性だったの、バッチも含めて一本筋道がさ

献血について何度か新聞に投稿したことがある。丈夫に生んでくれたお袋に感謝で、献血を続けられる身体であり続けたい。

豊橋にある献血ルームも清らかで善なる想いが神社の社《やしろ》のように鎮座する。でも、いつ行ってもやはり針で刺されるのは痛い。それでも、何かが背中を押してくれて通うことが日課のようになっている。健康状態や病状の関係でしたくともできない人たちがたくさんいることも胸に秘め、心の中で合掌をしながら成分献血をしている。だからなのか、献血バッチを貰った時、この想いを共有したい。そう考え、背広に付けている。奥武蔵駅伝のバッチと共に誇りの証としてだ。いつの日か「ああ、私も」と近づいて来てくれる人がいることを願ってである。

国会での質問や答弁を見ていて、議員が様々なバッチを付けていることが確認できる。多く見受けられるのが東京五輪バッチだろうか。付けている議員がほとんどだ。

仲間関係の濃さのバロメーターに共通の何々ということが心理学ではないがあげられる。これから、バッチを付けようとしている人。あるいは、このバッチはそろそろ外そうかと思っている方々。参道の一本道ではないが、首尾一貫、筋を通し、自然と当たり前のように議員バッチを付け続けている人を知っている。貫いている空気感にただただ感服してしまう。

小学生たちは国会見学で、バッチを見ようが見まいが、おそらく人間が持つ重みのようなものを自然と感じ取っているはず。純粋な気持ちがあればこそ、付けている物質ではなく本質に近づくのだろうと考える。「誰が法律を作っているの」という小学生に「国会です」と説明している先生のところへ跳んでいって、小学生たち一人ひとりの目を見て「あなたたちが法律を作っているんですよ」と力説した政治家もずっとバッチを付けている。

私が尊敬する見城慶和先生。知る人ぞ知る夜間中学で教鞭をとった方だ。映画『学校』で夜間中学の先生役は西田敏行さんであったが、モデルの一人と称され、恩師である先生の胸にも夜間中学のバッチが、古い話ではあるが確認できた。先の見えない一本道であっても歩み続ける努力と行動を。バッチはいつでも心の中に。五個、六個と増えてきた小生にとってはそう考える昨今だ。

野菜を助けて、作手の森、心意気がしみちゃった

数年前にアキレス腱断裂に襲われた小生。まあ痛いのなんのって。三週間のギプス生活を終え、装具を付けてはいるが歩けるようになった時の喜び。普段見えない視点が研ぎ澄まされ、眠っていた第六感を呼び覚ましてくれた。

高原野菜という響きに誘われ、新城市作手にある道の駅へ赴いた。半ズボンに装具を付けた服装で。夏場だったこともあり、キュウリかトマトをと売り場をぐるぐる、嬉しい外出。

すると、本気で真剣な売り子さんの声が飛び込んできたではないか。

「明日は定休日です。売れ残ると野菜が廃棄に回ります。まだ充分美味しく食べられます。是非、野菜を助けて下さい」

素敵な表現をする女性だなと近づいていくと、若い店員さんが一所懸命値引いた野菜さんたちを売りさばいていた。

ようやく歩けるようになった小生に、幸せの出会いをプレゼントしてくれた神様に感謝しながら、たくさんの地場野菜を購入し、職場の仲間たちに分けた。

後日、このことを新聞に投稿し採用されたことから、その記事（原本の一紙全部）を持って訪ねてみた。

レジで働いている姿はその時のままで「書いて採用されましたよ」と紙面を渡したところ、「本当投稿してくれたんですね」と、えらく喜んでもらえた。照れくさそうにホッペがちょっぴり紅色に。それを見ていた小生、「ああ、トマト買って帰るわ」と、引き返す足取りの名残惜しいのなんのって。

でも、でもである。これっくらいの出会いに留めてこそ次がある。皆さんも似たような経験があれば共有しませんか？

犬さん猫さんどうぶつさん

動く物と書いて動物だが、何となく最近、この字面が心地よくない！

平屋の借家住まいの小生。たまに、「にゃんにゃん」と庭を訪れる猫さんを見かける。毎年のこととはいえ、家に上げてあげたいのだが、やはりそこは厳しく駄目だと自分を戒めている。

犬さんも人間に近い存在なのか、躾も大事であるが、何か遠い昔から助け合って生きてきていたのでは、と考えてしまうほど人間に寄り添ってくれる。

歴史に「もし」は禁物だが、違った生きものさんが人間との距離を縮めていたら、と想像するとあることに気がついてしまう。いまだ発見されていないどうぶつさんの中に近かった生きものさんたちがいたとしたら。日本だけに限らず、そう考えると、河童さんはひょっとしたら……と想像力をかき立てられてしまう。いや、まさか……。

結婚も初春も、もち投げ振る舞い、厄払い

厄介《やっかい》なことは早く片づけ逃れたい。「堅気の人の難儀は買ってでも引き受けろ」はあるドラマの鳶の小頭が言ったセリフだ。

町でも有名な美男美女の結婚。羨ましいやら、何やら。芸能界でもしかり。そして、「結婚式はお金を使い来て下さった皆さんに返すんだよ」の意味が最近ようやく分かってきた気がする。

お金の入った自動販売機が平然と街中に置いてある日本の治安。性善説の裏側、人間の業の肯定を描いたのが落語だと言った立川談志師匠。いくら人のよい文化を育んだといっても、妬み、嫉みは古今東西世の常よ。そう思われる前に大盤振る舞いで、その嫉妬心を相殺してしまう。先人たちが無意識のうちに手に入れた精神的村社会維持の手立てのような気がしてならない。

早く結婚を……でも怖いよなあ。だって本当にお金ないよ。

稲妻、プラズマ、人妻が漢字変換奥深い

「かな」の文化は日本語最大の特徴の一つ。同じ「妻」を使っているのに、人妻は「ひとづま」と書くが、稲妻は「いなずま」と表記する。

日本語とは一体何なのか。漢字、ひらがな、カタカナ、ローマ字表記、送りがな、音読み、訓読みと深すぎる言語体系となっている。

だから文化の幅も次元を越えるような発見が。火の玉現象を科学的に解明したプラズマ理論もなんのその。

またまだ未解明な事象について、漢字変換が必要な場合がたくさんあるかも知れない「案山子」の読み方。

愛知に来て土地土地の言葉に触れ、上記以外に方言が加わり、言葉は葉っぱのようにどんどん増えていく。未知の分野の解決にこの横幅がものをいうのでは。そして後は、縦軸の組み合わせ。語呂合わせではないが、謎に挑みたくなる多元文化だ。

書の路が、いつものように終わりなし

習い事ブームではないが、小生の幼少時、習字に算盤、スイミングと多彩に展開していた各教室。月謝袋の印鑑が妙に懐かしい昭和の放課後。ピアノだけは「もしもピアノが弾けたなら」ではないが、ちょっぴり切ない弾けない自分。

小学校高学年まで続けて、そのままにしてしまった書道との出合い。最近、全名古屋書道連盟に加入し、改めて書と向き合うこととなった。兄弟子、姉弟子の皆さんと大作作成に向けて相談をするうちに終わりのない世界であることが分かってきた。「はいここまで」と決して終点の駅は存在しない。

極めるというものの到達点は絶対にない。常に何かを求め、大きな壁に立ち向かう。自分との戦いであり、自分自身と向き合う人生問答のようだ。

大きな風がまた私の前に現れ、精神を集中し、イメージを紙にぶつける。そして大作が形になっていく。路が続くこと、これこそが真の道なのかも知れない。

繋がりが、大倉高商（大倉高等商業学校）大先輩

尊敬する、大倉喜八郎翁が創立者である「大倉」という名前のつく学校の重み。「大倉商業学校」「大倉高等商業学校」「大倉経済専門学校」と聞いて記憶にある方とは思わず握手をしたくなる。小生が出た大学の前身だ。愛知に赴任し、職員室の窓から外を見ると郵便局員さんがこちらに向かってニッコリ微笑んでいる。何だろう、まさか自分に何か用事かと見つめると、「東京経済大学出身だよ」と言って近づいてきた大先輩に思わずがっちり握手をする繋がりの大切さ。それぞれが何かの形で共有していることを認識し、確かめ合っている同窓愛。スポーツ観戦も何かこの一体感に似ている空気感を感じてしまう小生。

少しでも一致点があれば、そのことから会話が始まる。少子高齢化社会という現状に、何か共通点を見つけてお年寄りとの会話を一つ増やす。そんな運動やりませんかと言いたくなるほど、元来、日本は郷土愛が深いはず。メールを一通、会話を三回、そんなこと言ってくれる政治家いないかなあ。

森から柳へさあ、自由な学校が東西に

東西とは区分けする表現方法ではあるが、南北ではなく左右に力点をおく文化の交差点とは一体何なのか。東男に京女、番付東西お相撲さん。ヘルツの違いもあれば、インスタントラーメンの味付けの違いと、多岐にわたった仕分けの慣習。

小生、自由の森学園から東三河の私学へ赴任したわけだが、何かが違う。教育の中身が全く異なる学園模様。だからこそ、同次元同時存在する意義がある。

決して足して二で割ることはできない人間が創り上げる育み。似ていても実際は……といったことが多々ある現代社会。

ネットにスマートフォンもよいが、見て聞いて見聞を広める。それも自分の足で。

いぶし銀、仕事師、堅物、何が悪いんだい

役割として、大スターでもなくスター選手でもない、いぶし銀の活躍。仕事は抜群にできる。堅いんだよ、強面でと。どちらかと言うとレガシーになりつつある言葉。誰もがある一定のラインまで「知って、できて、理解して」と一見、自己完結できてしまう現代社会の利便性。

だけど、ひょっとしたら、五感の次にある第六感ではないが、何かを引き替えに消費者主権を勝ち取ってしまったのかも。各地にいる本物の頑固親父。

愛知にもいるよと全国に発信していきたい。

天地人、山河に森と、後一つ

何処までも広がる宇宙。あれだけ星が存在するのに何で銀河系は真っ黒いのか。いつからなのか、勝手に☆とマーク付けが決まったのは。

天命、運命、宿命なのか、逆らえない、何かの方式に沿って生きている人類。逆からの視点ではないが、山の中や森の中、そして、地の中までは調べつくせない、自然界の壮大な掟と倫理と摂理。

ミクロの生きものたちは私たちを「人間である」と判断できているのだろうか。それと同じことが惑星や銀河系に当てはまるとしたら。一体全体、残りの一つはいずこにあるのか。身近な自然環境の中にヒントがあるのかも。もう一度、目を向けてみては。

競争と融和、怒りと優しさ、悲しみと切なさ

感情には様々な表現が存在する。人間だけが許されたのか、どうぶつさんたちは持ち合わせていないのか。いや待てよ、こちら側の都合でそう思い込んでいるだけで、魚さんも本当は怒っているのかも。だからではないが、「いただきます」が本当に真実味を帯びてくる。

人工知能が先へ先へ、人間の領域をもカバーしながら追い越していく様相の二十二世紀手前の時代。活き活きと暮らしているのは人ではなく、自由気ままに呼吸しているしょくぶつなのかも。

人に勝って、人に負けて、己に勝って、己に負けて、人が生きて人生だが、生きる中身が問われる現実社会の混沌。

イルカさんやチンパンジーさんを見ていて優しさが大切であることを知る。このことは普遍的な価値観として共有していきたい。我々だけじゃない、ガイアは。

全寮制、誰もいない宿舎に何故だかいつもの光景が

全寮制で男女共学の私立高等学校の寄宿舎。山に囲まれ、木造校舎の環境は、いるだけで癒やされてしまう。それでも淋しい長期休暇の、誰もいない教育現場。普段見ない野生どうぶつさんたちが、人間の暮らしぶりが停止しているのを知ってか知らずか、近づいてくる。

それでも昨今、どうぶつさんたちが山里から民家へと現れ、違った形で怒っているようにも見える。文化・文明を享受している我々人類。どちらの都合が優先されるのか、距離感を違えるとえらい目に遭うセルフゾーンの見えない壁。生きものさんたちに見放されないよう、ぶれずに筋を通したいものだ。

「ガラッパ君と三夫君」

豊川《とよがわ》の下流、中州がいくつも存在するこの川の左岸と右岸が、いつもの遊び場となっている三夫君。仲間の政夫君と一緒に小魚を捕りに網を持って歩いています。

「政夫君、今日は思ったほど深くないよねえ」

いつもより魚さんたちがたくさん透けて見えることから、川底まで浅いと思い、嬉しくて嬉しくて仕方ありません。

「三夫君、この前なんだけど、夜、眠れない時、爺ちゃんが妙な話をしてくれてさあ」

地元に伝わる民話でも話してくれたのか、政夫君は三夫君に話したいような隠しておきたいような様子で、モジモジしています。

「どんな話だったのぉ？　聞かせてよぉ」

政夫君に向かって言いました。政夫君は、豊川を見つめながら、

「三夫君、冬眠する生きものっているだろう。その中に冬眠じゃなくて、一年中、どの季

節でも冬眠できる生きものがいて、五年か十年おきに山の穴から出てくるんだって」

と、ほんの少し怖そうな雰囲気を醸し出しながら語ってくれました。

「嘘だよ、そんな生きもの聞いたことないよ。ねぇ、そんなことはいいから、早く小魚を捕ろうぜぇ」

親に買ってもらった生きもの図鑑に出てこないせいぶつがいるはずはないと思っている三夫君は全く信じず、魚捕りのことで頭がいっぱいです。

政夫君は、三夫君のリアクションに少しだけ残念に思いながらも、

「ごめんごめん、この話は忘れて。よし、今日はいっぱい魚捕るぞ」

二人は川の下流へ下流へ、いつの間にかだいぶ進んで行っていました。気がつくと、岩場がたくさんある深い深いところに辿り着いていました。

「政夫君、もう帰ろうか、深すぎるよ」

三夫君は、深さが尋常ではないことから引き返すことを提案しました。

「うん。そろそろ帰ろうか。これだけたくさん魚を捕ったんだから、みんなに自慢できるよなあ」

嬉しそうにびくに目をやっています。

と、その時です。中州の向こう側にある大きな岩場から、こちらを見つめている者がいます。小さい子どもにも見えたので、自分たち以外にも先に来ていた子がいるのかと興味を持った二人は、

「おーい、誰だい。君も一緒の小学校かい？　もう暗いから一緒に帰ろうぜぇ」

そう、大きな声で呼びかけました。

すると、その者は、ぴょこんとこちらを向き、ゆっくりゆっくり近づいてきます。しかし「キィーキィー」と聞いたことのない声を発しながらこちらに近づいてくるので、二人とも怖くなって足がすくんで逃げられなくなってしまいました。

「政夫君、早く逃げよう。見たことないよ……それに水かきがあるよ」

近づいてくる者が何なのか、ようやく見極めができるような近さまで来ています。

「三夫君、爺ちゃんが言っていたんだよ。二本足で歩ける人間以外の山や川に住む者……ガラッパさんというのがいるってことを。だけど、大丈夫だよ、魚が好物だから、俺たちのこれをあげれば仲よくなれるよ」

と、びくを持って歩いてくる者の方に向かって歩み寄ろうとしている政夫君。

「止めろよ、止めろよ、何をされるか分からないぞ。手だってあんなに長いぞ」

三夫君は明らかに人間やお猿さんではない、その者が襲ってくるのでは、と心配で仕方ありません。

そうこうしているうちに、すぐ目の前にその者が近づいてきました。

政夫君はお爺ちゃんに言われた通り、「ガラッパさん、お魚です。どうぞ」と少し頭をぺこりと下げながら差し出しました。ガラッパさんは、「ウーウー」と攻撃的ではない声を発しながら、水かきのある両手で受け取ろうとしています。三夫君は、ぶるぶる震えながらガラッパさんに、

「何処から来たのですか？　お腹が空いているのですか？」

とかすれそうな声を振り絞りながら聞いてみました。ガラッパさんは魚をもらったことが嬉しいのか、頭を下げながら「ウーウー」と息を吹き出しています。

そうこうしているうちに夕日が沈み、真っ暗になろうとしているのに気づいた二人は、

「やばいよお、政夫君、暗くなってきてるよ。もお、家まで帰れなくなっちゃうよぉ」

と心配そうに語り合っています。

すると、ガラッパさんが「ウーウー」と声を出しながら歩き出しました。そして、二人

の目を見つめて「こっちへついてこい」と言わんばかりの雰囲気で歩き出しました。何だか訳が分からない状況の中、とりあえず、ガラッパさんの後ろをついて行くことにしました。

三十分ぐらいが経った頃でしょうか。心配した政夫君の爺ちゃんの「政夫、三夫君、何処にいるんだあ」という大きな声が川の上流に響き渡っていました。

「ああ、爺ちゃんだ。ああ、そうだ、ガラッパさん紹介しなくちゃ」

そう思って振り向いた瞬間です。ガラッパさんはもの凄いスピードで川を下流へ向かって泳いで行ってしまいました。

「政夫君、ガラッパさん、泳ぎが早過ぎるよ。案内してくれたお礼も言いたかったのに」

三夫君は狐につままれたようにあっけにとられながら、政夫君の爺ちゃんがここまで来てくれるのを待っています。

政夫君は爺ちゃんに、

「爺ちゃん、あの話、本当だったよ。魚あげたら親切に暗がりの道を案内してくれたんだよ。爺ちゃんに紹介しようと思ったらさあ、猛スピードでいなくなっちゃったよ」

と状況を説明し、空っぽのびくを返しています。

「そうかい、ガラッパに会ったかい。十年の冬眠があるんで、なかなか会うことができないんだよ。でも同じ生きものだから仲よくしないとね」

そうニコニコしながら、ガラッパさんが去っていった下流の方向に頭を下げていました。

三夫君と政夫君も、生きものを大事にし、いつまでも仲よしでいることを、豊川に向かって誓いました。

「宇宙人とネクタイ」

そうた君は、いつも一人ぼっちです。お父さんもお母さんも働いていて、夜になっても、ずうっと一人ぼっちのままです。だから、近所のたかし君がたまに遊びに来てくれるのが楽しみでしかたありません。

「たかし君、今日は来ないかなあ」

そうた君は淋しいのか、たかし君と遊びたくてウズウズしています。

「僕の方から訪ねてみようかなあ」

そう考え、たかし君の家の玄関まで行きました。夕方になっていて晩ご飯の準備をしているようで、

「うわー、カレーのにおいだ」

美味しそうなカレーライスのかおりがただよってきます。そして家の中からは、

「今日はそうた君の家に遊びに行かないの？」

という、お母さんの声が聞こえます。

「うん、お母さん、お母さん」

たかし君はまるで甘えん坊のように何度も語りかけています。

「たかし、もうお兄ちゃんなんだから、そんな甘えていないの。そうた君を呼んできて一緒に晩ご飯食べるよう」

親子の会話が玄関先まで聞こえてきます。

「いいよなあ、たかし君はいつもお母さんと話ができて、うらやましいよなあ」

そうた君は玄関先でモジモジしながら、「カレーライス、美味しそうだなあ」という思いまでしてきて、考えれば考えるほど淋しさがつのっていきます。そして何だか急に涙が止まらなくなり、家に帰ることにしました。

まだ、父ちゃんも母ちゃんも帰ってきていません。兄弟のいないそうた君は、薄暗い四畳半の部屋で絵本を読むことにしました。『宇宙人とネクタイ』という本で、友達のいない、そうた君のような子の家に突然現れる宇宙人の話が書いてあります。

「淋しがっている子どもはいないか、いないか」

そう機械的な言葉で、宇宙船に乗って突然現れる宇宙人さんが本の中で、

「そうた君、そうた君、どうして地球の皆さんは、特に大人の皆さんはネクタイをしているのですか？　……理解不能、理解不能」

と言っているのにビックリです。

「あれぇ、この本、なんで僕の名前なんか書いてあるんだ？　それに理解不能って……」

いつも読んでいる内容と違うことから、不思議そうに絵本を覗き込んでいると、急に窓に明かりが差していることに気がつきました。

「あれ、夜なのに、窓がまぶしいぞ。あっ、そうか、誰か車で来たのかなぁ」

そう思った途端、目の前に見たことのない生きものさんがいるではありませんか。

「私は、スバル星雲から来ました。地球を覗き込んでいると、そうた君の淋しい気持ちが電波となってキャッチできました」

小さいお目々に緑色の身体をした姿は、明らかにこの地球にいない生きものさんです。

でも何故だか怖さを感じない雰囲気に、そうた君は少しだけ近づこうとします。

「僕の淋しい気持ちを分かってくれたの？」

新しい友達ができたような嬉しさから、笑顔でそう宇宙人さんに話しかけました。

「そうた君、そうた君、スバル星にはカレーライスはありません」

宇宙人がそう言いました。

「宇宙人さん、もう少し経ったらお母さんが帰ってくるから、作ってもらうよ。それまでいてくれるかい？」

「ありがとうございます。でも時間が限られているのです。大気が違うので、このヘルメットを取ると二時間しかもちません」

声に力がなくなってきているのか、だんだんと元気がなくなってしまっています。

「大丈夫かい、宇宙人さん。何か僕にできることはないかい？」

そうた君は必死になって宇宙人さんを心配しています。

「地球には大自然がたくさんありますね、スバル星にはありません。大事にして下さいね」

そう言って、防護服を着ようともぞもぞと狭い四畳半の中で着替えを始めます。

「宇宙人さんの星には森や海がないの？」

そう質問をすると、

「そうです、地球とは環境が違うんです。今度私が来るまでに、そうた君と友達になった証として、調べておいてほしいことがあります」

「うん、何、宇宙人さん」

「何で地球人さんの男性はネクタイをしているのですか？　理解不能理解不能」

と、さっきよりも息苦しそうになりながら、そうた君に語りかけています。

「分かったよ、お父さんが出張から帰ってきたら聴いておくよ。でも必ずもう一回来てくれよ、約束だよ」

大事な友達の願い事を何としても調べるぞという意気込みから、そうた君は力強く言いました。

「そうた君、そうた君、ごめんなさい、もうスバル星に帰ります。友達になってくれた証にこれを残します」

と、宇宙人さんがくれた証は物質として形のあるものではありません。

「自然を大事にして下さい。家族を大事にして下さい。戦争は止めましょう。カレーライス一緒に食べたいですね」

そうた君は、宇宙人さんから出されたネクタイの宿題と、大事にして下さいと意識の中に語りかけてくれた「言霊」を宝物として、心の中に取っておくことにしました。

宇宙人さん、また来てね。

おわりに

前著に続き、自由律俳句を中心にエッセイを散りばめた構成をとらせてもらった。

今回は「愛知版」ということで、地元を中心に筆を走らせ、列車は無事、終点にと言いたいところだが、この続きは他の都道府県版を書く中で表現をしていきたい。

また、大人でも読めるワンテーマの童話についても四作品盛りこみ、賑やかなカンバスとなった。色と色を混ぜ合わせると新たな色彩がパレットの上に——。

今回も句と随筆、童話を組み合わせることでの発見があったかも知れない。それを感じた時、情景描写がネガのように脳裏に焼き付くのではないだろうか。そして、瞬間瞬間を大切に、読者皆様の生き様と照らし合わせてもらえれば幸いです。

二作目ではあるが、今回も出版に至るまで粘り強く対応して下さった文芸社の皆様に感謝だ。

三作品目は、どの都道府県に……。そんな新列車の切符を手配し、お読みになった方々への感謝としたい。

著者プロフィール

石塚 自森（いしづか じしん）

昭和44年生まれ、埼玉県北本市出身、愛知県在住。

小学校、中学校、高校を埼玉で過ごす。

埼玉県飯能市にある私立自由の森学園高等学校で学ぶ。

東京経済大学経営学部卒業。

教育関係（教員）、自由律俳句作家。

既刊書『ふるさと再発見「自由律俳句の森」へようこそ　～埼玉版～』（文芸社　2014年刊）。

ふるさと再発見「自由律俳句の森」へようこそ
～愛知版～

2018年1月15日　初版第1刷発行

著　者　石塚 自森
発行者　瓜谷 綱延
発行所　株式会社文芸社
〒160-0022　東京都新宿区新宿1－10－1
電話　03-5369-3060（代表）
03-5369-2299（販売）

印刷所　広研印刷株式会社

ISBN978-4-286-18590-3